Hamlet

und

Amlet

Christian Holzapfel

Herstellung und Verlag:
BoD - Books on Demand, Norderstedt
ISBN 978-3-7504-7084-2

Traum oder Wirklichkeit,

das ist die Frage...

In Dänemark liegt ein Schloss direkt am Meer. Das Schloss heißt Kronborg. Es liegt an der engsten Stelle des Øresund, der Verbindung zwischen den beiden Meeren, der Ostsee im Süden und dem Kattegat im Norden. Vier stolze Türme stehen am Schloss, und an den Wehrmauern brechen sich die Wellen. Hinter dem Schloss liegt das Städtchen Helsingør. Von Kronborg aus kann man nach Schweden hinüberschauen. Der Sund ist dort so eng, dass man fast die Zeitung der Schweden lesen kann. Dort liegt auch ein kleineres Schloss an dem

Städtchen Helsingborg. Auf beiden Seiten stehen auf den Mauern Kanonen. Sie zeigen auf den Sund hinaus. Früher hat die andere Seite mit Helsingborg auch zu Dänemark gehört. Aus Respekt vor diesen Kanonen mussten alle Schiffe aus aller Herren Länder in Helsingør anlegen. Sie konnten nicht einfach durchsegeln, sonst wären die Kanonen plötzlich fleißig geworden. Die Schiffe mussten anlegen und Zoll bezahlen, so wie Eintrittsgeld für die Ostsee. Die Matrosen nutzten aber auch die Gelegenheit, um Proviant und Wasser für die Weiterfahrt bei den Kaufleuten in Helsingør einzukaufen. So wurde Helsingør eine reiche Stadt.

Was aber die Seeleute nicht wussten war, dass die Kanonen von beiden Seiten nicht so weit bis zur Mitte des Sundes reichten[1]. In der Mitte des Sundes führte ein schmales Fahrwasser an den Städtchen Helsingør und Helsingborg vorbei, wo die Schiffe unbehelligt von den Kanonen hätten vorbeisegeln können. Das wusste aber niemand, weil das natürlich geheim gehalten wurde.

Heute werden die Kanonen nur ohne Kanonenkugeln tätig, wenn ein berühmtes Schiff vorbeisegelt, z.B. mit einem König an Bord. Denn manchmal segelt der

---

[1] *Palle Lauring, Danmarks Historie, København 1979*

schwedische König nach Oslo in Norwegen, um seine Familie zu besuchen. Oder der norwegische König aus Oslo besucht die dänische Königin Margarethe in Kopenhagen. Dann müssen sie auch durch den Sund und werden von den Kanonen begrüßt, bum, bum, aber ohne Kugeln natürlich. Und die Segelschiffe grüßen zurück mit ihren Kanonen, bum, bum. In diesem Schloss, Kronborg, geschahen früher manchmal seltsame Dinge.

Einst wohnten der dänische König und die Königin mit ihrem Gefolge dort. König Claudius und seine Königin Gertrud lebten dort mit Königin Gertruds Sohn, Prinz Hamlet, und regierten von dort das Königreich Dänemark. Aber ihre Vergangenheit barg ein dunkles Geheimnis wie in einem Krimi. Ein Gespenst sollte das geheime Verbrechen aufdecken und aufklären. Die Geschichte wurde vor vielen Hundert Jahren von dem berühmten Dichter Shakespeare aus England erzählt. Und die Geschichte ist sogar noch älter. Vor fast tausend Jahren wurde sie von einem dänischen Dichter Saxo erzählt. Geschehen ist das wahrscheinlich nochmals einige hundert Jahre früher in Dänemark. Saxo hat die Geschichte mit anderen Namen erzählt. – Nun, die Geschichte von William Shakespeare fängt so an:

Auf den Mauern des Schlosses Kronborg hielten die Posten Horatio und Bernardo mit Marcellus Wache[2]. Es war schon Mitternacht. Sie hatten gerade die Wache davor abgelöst und sollten jetzt das Schloss in der Nacht bewachen. Horatio hatte schon in der Nacht davor etwas Seltsames gesehen. Just als sie sich darüber unterhielten, erschien ihnen etwas wie ein Schatten.

---

[2] *W.Shakespeare, Hamlet, 1.Act, 1.Scene*

„Halt, wer da?", aber der Schatten schwieg.

„Gleicht er nicht unserem König?", flüsterte Bernardo.

Horatio versuchte, den Schatten zum Reden zu bewegen, aber der Schatten verschwand wieder wortlos, als es schon anfing hell zu werden und der erste Hahn krähte.

Sie beschlossen, von der seltsamen Erscheinung Prinz Hamlet zu berichten. Horatio war ohnedies mit Hamlet gut befreundet.

Im Schloss versuchten König Claudius und Königin Gertrud

währenddessen Prinz Hamlet zu trösten, denn die Sache war die, König Claudius war nicht der Vater von Hamlet. Hamlets Vater, der frühere König, war gestorben, und sein Bruder, Claudius, hatte nicht nur die Königswürde an sich genommen, sondern auch Hamlets Mutter, die frühere Königin, geheiratet, so dass Königin Gertrud auch Königin bleiben konnte, allerdings jetzt mit dem Bruder Claudius des früheren Königs.

Und König Claudius erzählte Hamlet auch, dass der norwegische Prinz Fortinbras die dänische Krone und das Königreich forderte, weil der ehemalige dänische

König die Herrschaft über Dänemark von Fortinbras' Vater errungen hatte.

Aber Hamlet konnte sich mit alldem nicht abfinden.

Dann kam Horatio mit den beiden anderen Wachmännern zu Hamlet und erzählte ihm von der unheimlichen Begegnung letzte Nacht, dass sie Hamlets Vater als Geist gesehen hatten.

Sie beschlossen, dass Hamlet selbst bei der nächsten Nachtwache dabei sein sollte und versuchen mit dem Geist zu reden. Weiterhin beschlossen sie, Stillschweigen über die Sache zu halten.

In der nächsten Nacht erschien der Geist wieder und winkte Hamlet, ihm zu folgen[3].

Horatio und Marcellus hatten große Angst, sie beschworen Hamlet, nicht mit dem Geist zu gehen. „Dies Blendwerk treibt ihn noch in den Wahnsinn!", meinte Horatio. Marcellus war überzeugt: „Es ist etwas faul im Staate Dänemark!"[4]

Doch Hamlet folgte dem Geist. Als sie alleine waren, sprach der Geist und erzählte Hamlet:

---

[3] *W.Shakespeare, Hamlet, 1.Act, 4.Scene*
[4] *W.Shakespeare, Hamlet, 1.Act, 5.Scene*

„Ich bin deines Vaters Geist. Ich bin grausam ermordet worden. Dem Volk in Dänemark wurde weis gemacht, eine giftige Schlange hätte mich gestochen. Aber die Schlange, die mich stach, trägt jetzt die Krone deines Vaters. Er hat mich vergiftet, während ich im Garten schlief. – Der Morgen bricht an, Hamlet, vergiss mich nicht."

Das waren die letzten Worte des Geistes. Er verschwand im Morgengrauen. Hamlet schwor, seinen Vater zu rächen.

Die drei Freunde Hamlet, Horatio und Marcellus schworen einander, Stillschweigen zu bewahren. Und Hamlet beschloss, sich selbst sinneskrank zu stellen, als hätte er den Verstand verloren. Dadurch wollte er sich vor der Verfolgung des Königs schützen. Denn wenn der König Claudius Verdacht schöpfte, Hamlet wüsste um den Mord, würde er sicherlich auch Hamlet ermorden lassen. Auch seiner geliebten Ophelia konnte Hamlet sich nicht anvertrauen.

Die Sonne ging auf.

Amlet wachte langsam auf, verwirrt von diesem seltsamen Traum. „Was habe ich bloß geträumt. Von einem Schloss in Helsingør habe ich noch niemals gehört. Ich weiß, Helsingør ist ein kleines Fischerdorf im Norden von Sjælland. Man kann von dort auf das schwedische Skåne hinüberschauen."

Sein Großvater ist König Rørik, König von Dänemark[5]. Seine Mutter ist die Prinzessin Gerut, Røriks Tochter. Sein Vater war Hardvendel, der von dessen Bruder, Fenge, aus Neid ermordet wurde.

---

[5] *Saxo Grammaticus, Danmarks Krønike,*

Und dann hat Fenge auch noch seine Mutter, Gerut, geheiratet. Jetzt herrscht Fenge als König in Jylland. Er hat behauptet, sein Bruder hätte Gerut hart behandelt und geschlagen, weswegen Fenge ihn getötet hatte. All diese schlimmen Sachen hatten wahrscheinlich zu diesem bösen Traum geführt. Aber Amlet sah auch, dass die Idee, sich dumm zu stellen, wie er es im Traum erfahren hatte, nicht schlecht wäre.

Amlet hielt sich nur zu Hause auf, saß meistens stumpf an der Feuerstelle bei seiner Mutter und spielte mit Holzhäkchen, die er in der Glut der Feuerstelle härtete. Wenn er gefragt wurde, was das sollte, antwortete er, dass er scharfe Speere machte, um seinen Vater zu rächen. Über diesen Unsinn lachten die anderen, ohne zu ahnen, wieviel Wahrheit dahintersteckte. Mit diesen kleinen Holzhäkchen könne er doch nichts machen, meinten alle. Amlet aber sammelte seine Häkchen sorgfältig und versteckte sie für später.

Fenge und seine Gefolgsmänner wollten herausfinden, wie weit es stand mit Amlets Verstand. Sie wollten ihn an einem einsamen Ort eine schöne Frau treffen lassen, während sie sich dort auch versteckt hielten, um zu sehen, ob er sich dann auch so dumm anstellen würde. Sie überredeten Amlet, mit ihnen in den Wald zu reiten.

Amlet war einverstanden und setzte sich aufs Pferd – aber umgekehrt und versuchte, mit dem Pferdeschwanz das Pferd zu zügeln. Das sah vielleicht lustig aus!

Unter ihnen war einer, der Amlet von Kindheit an kannte, der mit Amlet dieselbe Amme gehabt hatte. Und er gab Amlet ein Zeichen, dass das Ganze eine Falle wäre. Deshalb hatte Amlet sich auch so ungeschickt aufs Pferd gesetzt.

Als sie unterwegs auf einen Wolf im Gebüsch trafen und sie Amlet weismachen wollten, dass das ein junges Fohlen wäre, meinte Amlet, dass Fenge davon viel zu wenige in seiner Herde hätte.

Am Strand fanden sie ein altes Ruder von einem gestrandeten Schiff, und sie sagten zu Amlet, dass das doch ein merkwürdig großes Messer wäre, worauf Amlet antwortete: „Ja, das ist, um einen Riesenschinken zu schneiden."

Als sie dann an einigen Sanddünen vorbeikamen, meinten sie zu Amlet, dass das doch ein feines Mehl wäre, worauf Amlet ihnen antwortete, es sei ja auch vom Sturm und von den Wellen des Meeres gemahlen worden.

Die Männer verließen nun Amlet, damit er wie zufällig allein auf die Frau treffen sollte, die Fenge ihm heimlich geschickt hatte.

Aber sein heimlicher Freund unter Fenges Männern hatte ihm wieder einen Wink gegeben. Er hatte eine Spelze unter das Hinterteil einer Bremse geklemmt, die er gefangen hatte, und die Bremse dann zu der Stelle gescheucht, wo Amlet sich mit der Frau treffen sollte.

Amlet verstand den Wink und wusste daher, dass Wölfe im Moor wären[6]. Als er dann die Frau traf, führte er sie fort zu einer Stelle, wo sie wirklich allein waren, wo er sie ungestört lieben konnte. Er bat sie, flehte sie an, ihn nicht zu verraten. Sie versprach es ihm auch, denn auch sie kannte Amlet

---

[6] *Saxo Grammaticus, Danmarks Krønike*

aus der Kindheit und war ihm außerordentlich hold.

Zu Hause frugen die Männer ihn nun aus, ob er sich denn im Walde mit einer Frau getroffen hätte. Amlet antwortete: „Ja, wir haben auf einem Haufen Pferdeäpfel gesessen." Und er fügte hinzu: „Und dann kam eine Bremse geflogen mit Stroh auf dem Rücken." Die Männer fanden das alles zum Lachen. Nur der eine heimliche Freund verstand, dass Amlet den Wink begriffen hatte.

Hamlet wachte auf und wunderte sich über seinen Traum. Wer war dieser Amlet, von dem er geträumt hatte? Und König Rørik? Der ganze Traum ähnelte der Sache, die der Geist ihm in der vorigen Nacht erzählt hatte. Sollte ihm der Geist seines Vaters diesen Traum geschickt haben, um ihn daran zu erinnern? War er selbst dieser Amlet? Wollte der Geist ihm sagen, dass die Idee, sich dumm zu stellen, eine sehr kluge Idee wäre, um beim König Claudius keinen Verdacht aufkommen zu lassen? Die Traumgestalt, Amlet, hatte sich mit ihrer früheren Spielgefährtin getroffen. Was das alles nur zu bedeuten hatte – aber Hamlet war gewarnt. Der Traum sollte ihn sicher warnen, aber wovor?

Doch der König schöpfte Verdacht; denn Polonius, dem Ophelia sich anvertraut hatte und sich bei ihm über das seltsame Verhalten Hamlets beklagt hatte, berichtete dem König darüber[7]. Hamlet hätte sie festgehalten und so seltsam angeschaut. König Claudius und Königin Gertrud vermuteten schon, Hamlets Benehmen hätte etwas mit seinem Vater, mit dessen Tod, zu tun.

Polonius, Ophelias Vater, wollte Hamlet auf die Probe stellen, er wollte

---

[7] *W.Shakespeare, Hamlet, 2.Act, 2.Scene*

erkunden, ob Hamlet Ophelia nicht mehr liebte und deswegen den Verstand verloren hätte. Aber Polonius bekam nur zweideutige, unverständliche Antworten von Hamlet, als er ihn ansprach[8].

Inzwischen planten König Claudius, Königin Gertrud und Polonius, Ophelias Vater, ein Treffen zwischen Hamlet und Ophelia, wobei sie sich verstecken wollten, um sie heimlich zu belauschen[9]. Davon wusste Hamlet natürlich nichts. Ophelia sollte mit einem Buch den Anschein erwecken, sie sei allein. Die drei verschwanden schnell, als Hamlet

---

[8] *W.Shakespeare, Hamlet, 2.Act, 2.Scene*
[9] *W.Shakespeare, Hamlet, 3.Act, 1.Scene*

hereinkam. Polonius und Claudius versteckten sich im Raum. Hamlet wähnte sich allein und sinnierte über die Machenschaften und darüber, wie er sich verhalten sollte: "Sein oder nicht sein, das ist die Frage…" [10].

Er traf auf Ophelia, die nur scheinbar allein war. Hamlet gestand ihr, dass er sie geliebt hatte, aber nicht mehr liebte. Sie solle ins Kloster gehen, meinte Hamlet. Das alles musste er Ophelia so sagen, weil er sich auch ihr gegenüber immer noch verstellen musste. Hamlet erkannte, dass er die gleiche Geschichte mit Amlet geträumt

---

[10] *W.Shakespeare, Hamlet, 3.Act, 1.Scene*

hatte. Amlet hat ihm aus einer fernen Vergangenheit die Botschaft in die Zukunft geschickt.

König Claudius und Polonius konnten in ihrem Versteck jedes Wort mithören, aber Claudius meinte nicht, dass es verschmähte Liebe wäre, die Hamlet in den Wahn trieb. Es musste etwas anderes sein, etwas, das ihm gefährlich werden könnte.

Deshalb planten sie nun auch noch ein Treffen zwischen Hamlet und der Mutter, Königin Gertrud, und hofften, dass er ihr gegenüber offenbaren würde, was ihn wirklich bewegte und plagte. Das Treffen sollte wieder nur zwischen diesen beiden stattfinden, wobei sich auch hier Polonius verstecken wollte, um sie zu belauschen[11].

---

[11] W.Shakespeare, Hamlet, 3.Act, 1.Scene

Amlet wachte wieder auf. Fenge war noch immer misstrauisch; denn wenn man Angst hat, ist man auch misstrauisch, man traut keinem über den Weg. Deshalb arrangierte er auf den Vorschlag eines seiner etwas klügeren Männer ein Treffen zwischen Amlet und nur seiner Mutter, allein in ihrem Raum. Allerdings hatte Fenge auch einen seiner Männer heimlich als Horchposten im Raum versteckt. Er sollte dann Fenge berichten, was sie besprochen hatten, denn wenn Amlet bei Verstand wäre, würde er sicher einer Mutter offenbaren, wie es um ihn wirklich stand. Fenge selbst musste angeblich eine längere Reise antreten.

Der Posten versteckte sich im Stroh, mit dem der Boden bedeckt war – Teppiche für den Boden gab es damals nicht. Aber Amlet ahnte, dass etwas nicht stimmte und tanzte wie wild über das Stroh hinweg, krähte wie ein Hahn und schlug mit den Armen wie ein Hahn mit den Flügeln. Er merkte auch den Klumpen unter dem Stroh, zog den versteckten Posten hervor und erschlug ihn. Die Leiche zerstückelte er und warf die Brocken den Schweinen vor. Dann ging Amlet wieder zu seiner Mutter, die in ihrer Kammer weinte und über Amlets Verrücktheit jammerte.

Aber Amlet antwortete ihr: „Wozu versuchst du, schändliche Frau, deine grobe Sünde mit falschen Tränen zu verbergen? Du hast den Mörder deines Ehemannes geheiratet und deinen ersten Ehemann vergessen, der von seinem Bruder ermordet wurde. Das ist der Grund, weswegen ich mich verrückt stelle, denn ich zweifele nicht, man hätte auch mich sonst töten lassen. In meinem Inneren sinne ich aber darauf, meinen Vater zu rächen – ich warte nur auf eine günstige Gelegenheit; denn jedes hat seine Zeit und seinen Ort. Sorge dich nicht weiter, sondern hilf mir. Und ansonsten halt deine Zunge hinter den Zähnen."

Als Fenge wieder zurückkam, war der Horchposten natürlich verschwunden. Keiner wusste, wo er geblieben war. Auch Amlet fragten sie, erwarteten jedoch von ihm keine vernünftige Antwort. Er sagte auch nur, der wäre in die Grube gefallen, und die Schweine hätten ihn mitsamt dem ganzen Dreck, den er an sich hatte, gefressen. Darüber schüttelten sie nur verständnislos die Köpfe.

Es begab sich nun, dass Schauspieler an den Hof kamen. *Schauspieler und Sänger, auch Barden genannt, zogen damals von Hof zu Hof, um mit ihren Künsten Geld zu verdienen. Sie erzählten und sangen von alten Taten, von Sagen und von den Kämpfen der Krieger in früheren Zeiten. Es fanden sich auch Schreiber darunter. Oft waren es Mönche in den Klöstern, die diese Erzählungen niederschrieben, weshalb etliches für uns bis zur heutigen Zeit erhalten blieb, so dass ich euch davon erzählen kann, was Amlet träumte. Ein solcher Schauspielertrupp kam nun auch an den Hof des Königs im Schloss Kronborg.*

Hamlet erkannte, das wäre eine gute Gelegenheit, das Ränkespiel des Königs Claudius öffentlich zu machen und zusammen mit seinem Freund Horatio zu beobachten, wie König Claudius darauf reagieren würde. Also bat er die Schauspieler, ein Stück aufzuführen, das er ihnen erklären würde. Hamlet erinnerte sie an ein Stück, das er früher bei ihnen erlebt hatte, um den Kampf zwischen Pyrrhus und Priamus aus der griechischen Sagenwelt. Das sollten sie auf die heutigen Zustände entsprechend umgestalten. Sie sollten erzählen von Brudermord und unberechtigter Ergreifung der Königsmacht.

Hamlet schwebte vor, die Taten Claudius spielen zu lassen, denn er wusste auch, dass so mancher Missetäter, der seine eigene Missetat auf der Bühne sah, so sehr davon ergriffen sein konnte, dass er seine Tat sofort gestehen würde. Dieses Schauspiel sollte die Falle sein, mit der er Claudius fangen wollte, durch dessen Gewissensqualen.

Das Schauspiel wurde aufgeführt. König Claudius und Königin Gertrud trafen mit ihrem ganzen Gefolge ein. Auch Hamlet und Horatio waren unter den Zuschauern. Die Schauspieler betraten die Bühne. Hamlet hatte ihnen zuvor eingeschärft, nicht zu zahm zu spielen.

Auf der Bühne erscheinen ein König und eine Königin. Sie umarmen sich, zeigen, dass sie sich lieb haben. Sie kniet vor ihm und versichert ihm ihre Zuneigung und Loyalität. Er hebt sie auf und neigt sein Haupt an ihre Schulter. Dann legt er sich auf einen Hügel voller Blumen. Als sie sieht, dass er eingeschlafen ist, verlässt sie ihn. Ein Mann kommt hinzu, nimmt dem schlafenden König die Krone ab, küsst die Krone, flößt Gift in das Ohr des schlafenden Königs und geht. Die Königin kommt wieder auf die Bühne, findet den König tot und zeigt heftige Trauer und Schmerz. Der Giftmischer kommt wieder herein mit einigen anderen Personen. Auch sie zeigen

Bestürzung und Trauer. Der tote König wird fortgetragen. Der Giftmischer wirbt um die Königin. Zuerst zeigt sie Unwillen, aber nach einiger Zeit zeigt sie sich empfänglich, nimmt sein Werben an. Sie verlassen gemeinsam die Bühne.

„Was bedeutet das, gnädiger Herr?" fragte Ophelia Hamlet.

„Ach, das sind Diebestaten, das bedeutet Unglück."

Der Erzähler der Schauspieler kam auf die Bühne, um das Stück zu erläutern. Aber König Claudius war schon schreckensbleich aufgesprungen, verlangte nach Licht. Das Schauspiel solle aufhören. Er flüchtete in seine Kammer.

„Nun, was sagst du, Horatio? Das hat ihn schwer getroffen."

Das Schauspiel wird abgebrochen. Die Gäste verlassen den Saal. Gyldenstjerne meldet Hamlet, dass es dem König Claudius in seiner Kammer nicht gut ginge. Und die Königin wäre über Hamlet höchst erstaunt. Sie ließe Hamlet bitten, zu ihr in ihre Kammer zu kommen.

Hamlet macht sich auf den Weg zu seiner Mutter, Königin Gertrud. Er nimmt sich vor, ihr deutliche Worte zu sagen, ihr vorzuhalten, wie schändlich sie sich verhalten hatte, so wie die Königin im Schauspiel.

Währenddessen beschwört König Claudius Rosenkrands und Gyldenstjerne, Hamlet möglichst stracks nach England zu bringen. Der König hat schon Angst. Das schlechte Gewissen plagt ihn.

An der Kammer der Königin angekommen, ruft Hamlet schon: „Mutter, Mutter!"

Drinnen in der Kammer ist auch Polonius, der sich schnell hinter einem Vorhang versteckt.

„Nun, Mutter, was habt Ihr mir zu sagen?"

„Hamlet, du hast deinen Vater beleidigt!"

„Nein Mutter, Ihr habt meinen Vater schwer beleidigt!"

„Hamlet, du vergisst, wer ich bin!"

„Nein, bei Gott nicht, Ihr seid ja Königin, die Gattin Eures Schwagers – und auch meine Mutter. Setzt Euch hin und rührt Euch nicht. Ich werde nicht gehen, ehe ich Euch den Spiegel vorgehalten habe, in dem Ihr tief in Euer Herz blicken könnt."

„Hilfe, Hilfe!" Der Königin wird bange, „was willst du tun? Mich ermorden?"

Polonius hinter dem Vorhang bekommt auch Angst und ruft um Hilfe.

„Was, eine Ratte? Die töte ich." Hamlet zieht sein Schwert und sticht es durch den Vorhang. Polonius fällt und stirbt.

„Hamlet, was hast du getan!"

„Ich weiß nicht, ist es der König – eine blutige Tat – fast wie ein Königsmord und eine Hochzeit mit dessen Bruder…"

So hielt Hamlet ihr ihre bösen Taten vor. Die Königin bereute tief ihr Verhalten und Hamlet versicherte ihr, dass er nicht wahnsinnig wäre. Auch wusste er, dass er nach England geschickt werden sollte. Der Brief, den seine Reisebegleiter dem englischen König überbringen sollten, wäre schon versiegelt. Aber Hamlet würde die Sprengmeister mit ihrem eigenen Pulver in die Luft sprengen.

Dem König gestand die Königin, dass Hamlet Polonius getötet und die Leiche selbst fortgeschafft hatte. Hamlet aber sollte so schnell wie möglich nach England gebracht werden. Der König selbst wagte es nicht, Hamlet nach Recht und Gesetz zu bestrafen. Sein Verschwinden musste aussehen wie die Folge einer Krankheit. Der König fragte Hamlet noch eindringlich, wo er Polonius Leiche versteckt hätte. Hamlet verriet ihm schließlich, „wenn Ihr ihn nicht findet, bevor der Monat zu Ende geht, werdet Ihr ihn riechen, wenn Ihr die Treppe zur Galerie hinaufgeht.“

Rosenkrands und Gyldenstjerne wurde befohlen, Hamlet noch am selben

Abend aufs Schiff nach England zu bringen. Im Begleitbrief drohte König Claudius dem englischen König. Er forderte Hamlets Tod. Er erinnerte den englischen König an die Schrammen des dänischen Schwertes, die noch immer frisch und rot wären.

Als Amlet wieder aufwachte, war ihm klar, Fenge wäre sicher immer noch misstrauisch und wolle ihn zur Sicherheit töten lassen.

Fenge war auch misstrauisch, aber selbst traute er sich nicht, Amlet zu töten oder seine Tötung anzuordnen. Daher kam ihm der Gedanke, Amlet nach England zu schicken und den englischen König dazu zu bringen, Amlet zu töten[12].

Also wurde Amlet nach England geschickt, begleitet von zwei von Fenges Männern. Aber vor der Abreise hatte Amlet seine Mutter gebeten, die Wände der

---

[12] *Saxo Grammaticus, Danmarks Krønike*

Festhalle zuhause bei seiner Rückkehr aus England mit schweren Decken und Teppichen zu schmücken. Fenges Männer, Amlets Reisebegleiter, hatten für den englischen König einen Brief dabei. Damals war ein Brief ein Holzstock, in den mit Runen eine Botschaft geschnitzt war. In dieser Botschaft stand, der englische König möge den jungen Begleiter der beiden Männer unverzüglich als gefährlichen Verbrecher hinrichten lassen.

Während der Segelfahrt über das Nordmeer Richtung England gelang es Amlet, heimlich das Gepäck seiner Reisebegleiter zu durchsuchen, während sie tief schliefen[13]. Er fand den Holzstock mit der Botschaft, kratzte sie mit seinem Dolch ab und schnitt eine neue Botschaft in das Holz. Nun stand da, dass der englische König die beiden Begleiter hinrichten lassen sollte. Außerdem ritzte er noch in das Holz, in Fenges Namen, ob der König von England dem jungen edlen Mann, den die beiden Begleiter nach England gebracht hatten, seine Tochter zur Ehefrau geben wolle.

Nach einem Festmal, bei dem Amlet sich klug und liebenswürdig zeigte, war der englische König so angetan von ihm, dass

---

[13] *Saxo Grammaticus, Danmarks Krønike*

er ihm wirklich seine Tochter zur Ehefrau gab. Überdies ließ er auch die beiden Begleiter hängen, wie es der dänische König Fenge in der Botschaft gewünscht hatte.

Amlet gab sich darob sehr betrübt, so dass der König ihm als Sühne Gold gab. Dieses Gold ließ Amlet in ein paar hohle Stäbe einschmelzen.

Nach einem Jahr in England bat Amlet den König um Erlaubnis in seine Heimat Dänemark zurückkehren zu dürfen[14]. Er hatte viele Schätze vom englischen König bekommen, die er aber

---

[14] *Saxo Grammaticus, Danmarks Krønike*

alle da ließ. Nur die Stöcke mit dem eingeschmolzenen Gold nahm er mit. Auf der langen Seereise schläft Amlet wieder ein und träumt.

Und die beiden Raben Hugin und Munin flogen wieder aus, die Welt zu erkunden. Abends kamen sie wieder, setzten sich auf Odins Schultern, rechts und links, und flüsterten ihm ins Ohr, was sie erfahren hatten. Sie taten ihm Kund vom Fischerdorf Helsingør und vom Schloss Kronborg, das viele hundert Jahre später dort entstehen sollte, und sie sagten ihm, was sich dort im Schloss zutragen werde. Odin sah die Zeit ganz, Zukunft und Vergangenheit, alles in einem. So schickte er Amlet den weiteren Traum; denn Odin konnte als Gott sich mit den Menschen im Traum verbinden.

So wurde nun Hamlet in Begleitung der beiden Hofmänner Rosenkrands und Gyldenstjerne als Aufpasser nach England geschickt.

Auf dem Weg über die jütländische Steppe trafen sie auf das Heer Fortinbras', das auf dem Weg nach Polen war. Hamlet erfuhr vom Hauptmann, dass es um ein Stück Land an Polens Grenze ging, für das er keine fünf Dukaten Pacht geben würde. Es ging da nur um den Namen. Hamlet beklagte den sinnlosen Krieg. Zweitausend Seelen, zwanzigtausend Kronen für einen Krieg um einen Strohhalm – eine Eiterbeule, entstanden aus Frieden und Wohlstand, im Inneren ausgebrochen, außen kein sichtbarer Grund für den Tod dieser Männer.

Hamlet machte sich auch Vorwürfe über seine eigene Unentschlossenheit, Rache zu üben. Er sah zwanzigtausend Mann vom Tode bedroht für eine Laune, für eine ehrenhafte Luftblase, während er selbst den Mord an seinem Vater und der Mutter Schande in den Schlaf verdrängte.

Unterwegs auf dem Schiff nach England gelang es Hamlet in der Nacht, die Taschen der beiden schlafenden Begleiter zu durchsuchen, wobei er auf den Brief an den englischen König stieß. Hier sah er, welches Schicksal ihm zugedacht war.

König Claudius hatte ja dem englischen König geschrieben, er solle unverzüglich Hamlet hinrichten lassen. Bei Kerzenlicht in der Kajüte setze nun Hamlet einen anderen Brief auf, in dem er dem englischen König befahl, die beiden Begleiter bei der Ankunft sofort gefangen zu nehmen und baldigst hinrichten zu lassen. Dann setzte er König Claudius' Namen darunter und schmuggelte den Brief wieder in die Tasche der beiden Begleiter Rosenkrands und Gyldenstjerne, die immer noch ahnungslos schliefen. Hamlet hatte auch noch das Siegel seines Vaters bei sich, so dass er neben König Claudius' Namen auch das

Wappen Dänemarks setzen konnte. So sah der Brief täuschend echt aus[15].

Einige Tage später wurde das Schiff von Seeräubern angegriffen. Nach kurzem Gefecht konnte sich die Reisegesellschaft von den Räubern befreien, aber im Laufe der heftigen Auseinandersetzung enterte Hamlet das fremde Schiff im selben Augenblick, als die beiden Schiffe voneinander losließen[16]. So blieb Hamlet bei den Seeräubern, während das Schiff mit Rosenkrands und Gyldenstjerne Richtung England flüchtete. Die Seeräuber

---

[15] *W.Shakespeare, Hamlet, 5.Act, 2.Scene*
[16] *W.Shakespeare, Hamlet, 4.Act, 6.Scene*

behandelten Hamlet gut und setzten ihn an der dänischen Küste Jyllands ab.

Als König Claudius erfuhr, dass Hamlet wieder im Lande war, musste er einen anderen Weg finden, um ihn loszuwerden. Mit Laertes zusammen, der ja seinen Vater Polonius rächen wollte, schmiedete Claudius einen raffinierten Plan, wie sie Hamlet töten und es als Unfall aussehen lassen könnten. Laertes sollte Hamlet zu einem freundschaftlichen Fechtkampf auffordern, ihm sagen, der König hätte auf ihn gewettet. Aber heimlich wollte Laertes seine Klinge vergiften, mit einem so starken Gift, gegen das es kein Heilmittel gab. Zur Sicherheit wollte König

Claudius auch währen des freundschaftlichen Kampfes Hamlet einen Becher mit einem Erfrischungsgetränk reichen, in dem sich auch dieses starke Gift befand.

Der Wettkampf beginnt. König Claudius, Königin Gertrud, der ganze Hof ist versammelt, um dem Schauspiel zuzusehen. Beide Kämpfer sind gut, Stoß, Abwehr und wieder Stoß. Die Königin ist natürlich von ihrem Sohn Hamlet begeistert und trinkt einen Becher auf sein Glück – aber den Becher mit dem Gift. Der König ruft noch: „Nein, trink nicht!" Aber zu spät.

Laertes verletzt Hamlet, nur eine Bagatelle. Im Laufe des heftigen Kampfes verlieren sie zwischendurch auch die Klingen und aus Versehen verwechseln sie diese dann. Hamlet verletzt Laertes, auch nur eine Kleinigkeit.

Die Königin sinkt. Die beiden Kämpfer bluten. „Trennt die beiden, es ist genug" ruft der König. Laertes erkennt, dass er mit seiner eigenen Klinge mit dem Gift verletzt wurde, „ich bin in meiner eigenen Schlinge gefangen, meine eigene Arglist hat mich zu Recht gefällt."

„Helft der Königin, sie ist ohnmächtig, sie sah Blut" ruft der König.

„Nein, das war der Trank, es war Gift. Oh, Hamlet!"

Hamlet ruft: "Verrat, schließt die Türen, lass uns forschen".

Laertes sinkt zu Boden: „Hamlet, du bist des Todes. Keine Kunst der Welt kann dich retten. Du hast keine halbe Stunde Lebens mehr. Du hast die Verräterklinge in deiner Hand. Meine Arglist hat sich gegen mich gewandt. Ich liege hier, um mich nie mehr zu erheben. Deine Mutter hat vom Gift getrunken – ich kann nicht mehr – der König, der König ist an allem schuld."

Hamlet ruft: „Vergiftet! Die Spitze ist vergiftet! Nun Gift, tue dein Werk!" Er verletzt den König.

Claudius ruft: „Helft mir Freunde, helft! Ich bin doch nur verwundet."

Hamlet ruft ihm zu: „Blutschänder, Mörder, hinterhältiger Dänenkönig. Leer nun deinen Giftbecher. Folg meiner Mutter!"

Claudius sinkt zu Boden und stirbt.

Laertes wendet sich noch mit letzter Kraft an Hamlet: „Ihm ist

 Recht geschehen – er selbst hat das Gift gemischt. Edler Hamlet lass uns Vergebung austauschen. Meines und meines Vaters

Blut soll nicht über dich kommen und deines nicht über mich."

Hamlet, auch mit letzter Kraft: „Gott empfange deine Seele, ich folge dir. Horatio, es ist vorbei. – Unglückliche Königin, farvel."

In der Ferne hört man Kriegsmusik. Es ist Fortinbras, der mit seinem Heer zurückkommt.

Hamlets letzte Worte: „Horatio, ich sterbe. Die Kunde aus England erfahre ich nun nicht mehr. Aber Dänemarks Wahl wird auf Fortinbras fallen, als rechtmäßige Folge auf den Thron. Ihm gebe ich noch im Sterben meine Stimme."

„Ach, was ist Vergangenheit, was ist
Zukunft

Angesichts der Tiefe der Ewigkeit.

Nur ein Wimpernschlag trennt uns beide,

und doch so weit getrennt.

Du wirst meinen Vater als deinen Vater
rächen

In tiefer Vergangenheit für die ferne
Zukunft.

Der Geist meines Vaters war dein Vater

Und so habe ich auch deinen Vater
gerächt

Nach den ewigen Gesetzen der Nornen…"

Hamlet stirbt.

An Jyllands Küste angekommen legte Amlet seine feinen Kleider ab und zog wieder die Lumpen von früher an. Auch gab er sich wieder schwachsinnig wie früher und kehrte an den heimatlichen Hof König Fenges zurück, wo in der großen Halle gerade die Trauerfeier für ihn gehalten wurde, denn sie dachten ja, er wäre in England hingerichtet worden, wie es ursprünglich auf den Stöcken eingeritzt war.

Anfangs war der Schreck natürlich groß, als die Gäste plötzlich Amlet lebend unter sich sahen, für den sie ja gerade zur Trauerfeier zusammensaßen. Die Gäste fassten sich jedoch schnell und aus der

Trauerfeier wurde ein lustiges Gelage. Sie fragten auch Amlet, wo denn seine beiden Begleiter geblieben waren. Da zeigte Amlet ihnen die Stöcke und sagte: „Hier sind sie alle beide." Das fanden die Gäste ziemlich dumm, aber lustig. Amlet half fleißig mit beim Ausschenken von Mjöd, so dass die Feier an Lustigkeit zunahm.

Aus Versehen verletzte er sich mit dem Schwert leicht an der Hand. Um größeres Unglück zu verhindern, schlugen die Männer einen Nagel durch die Scheide und durch das Schwert, so dass Amlet es nicht mehr ziehen konnte.

Nach und nach fielen die Gäste, Fenges Männer, nach dem vielen Mjöd in den Tiefschlaf. Amlet aber zog die schweren Teppiche von den Wänden und bedeckte damit die schlafenden Männer. Mit den Häkchen, die er damals geschnitzt hatte, befestigte er die Decken untereinander, so dass die Männer nicht mehr aus ihnen herauskonnten. Dann zündete er die Halle an. Die Männer, die sich nicht rühren konnten, verbrannten jämmerlich. Amlet drang dann auch in Fenges Kammer ein, vertauschte sein blockiertes Schwert mit dem Schwert, das am Bettpfosten hing und weckte Fenge. Fenge griff nach seinem Schwert, erwischte aber das blockierte Schwert, so dass Amlet leichtes Spiel hatte, ihn zu töten und so den Mord an seinem Vater zu rächen[17].

> *"So habe ich auch deine Rache vollendet*
>
> *für die unbekannte Zukunft,*
>
> *die nur dem Seher offen ist."*

Amlet konnte nun sein rechtmäßiges Erbe antreten und wurde König von Dänemark[18]. Er regierte lange in Dänemark, viele Jahre zum Wohle des Volkes.

---

[17] *Saxo Grammaticus, Danmarks Krønike*
[18] *Saxo Grammaticus, Danmarks Krønike*